# 인공도시 아이

엄계옥 동화 · 한혜현 그림

아동문예

# 꿈속으로 한 아이가 걸어들어왔습니다

한 아이가 있었답니다. 그 아이가 태어났을 때는 집에 플라스틱으로 된 물건이 하나도 없었습니다. 장난감이라고는 공기놀이를 할 때 가지고 노는 둥근 모양의 작은 돌과 땅따먹기를 할 때 쓰는 납작한 돌, 스케이트, 그네, 자치기, 오자미, 고무줄이 전부였습니다. 모두 손으로 만든 것이었고 재료는 나무, 짚, 돌, 흙 같은 것이었지요.

여름방학에는 생물 공부와 관련된 곤충채집과 식물채집을 하기도 했습니다. 어른들이 자연과 친하게 하려고 곤충, 식물 이름을 알게 할 목적이었지요. 그 아이는 산과 들 지천으로 날아다니는 수많은 곤충과 식물이 영원히 그 모습 그대로 거기에 있을 줄 알았지요.

세월이 흘렀습니다. 아이는 자라 어른이 되었습니다. 세상은 산업화라는 이름으로 급속도로 변했습니다. 어른이 된 그 아이는 종종 어린 시절을 그리워하곤 했습니다. 산과 들 곤충과 식물, 맑은 공기와 물놀이를 떠올리곤 했습니다. 아이들 손에는 나무 짚 흙으로 만든 장난감 대신 플라스틱 장난감이 주어졌고 산과 들은 물론 집집마다 생활 플라스틱이 넘쳐났기 때문입니다.

그로 인해 지구가 많이 아프다고 합니다. 지난여름에는 열이 펄펄 끓기도 했습니다. 더 이상 지구를 아프게 하지 말자는 이야기를 써야겠다는 결심을 하게 된 거지요.

여러분은 하루에 일회용품을 얼마나 쓰시나요? 바다표범, 물고기, 물새들이 플라스틱을 먹는 생각을 하면 옷도 덜 사 입게 되고 일회용품도 덜 사용하게 되겠지요.

우리는 자연을 아프게 하지 않는 방법을 알고 있어요. 다만 편리함에 길들여져, 불편한 게 싫어서, 모른 척 외면할 뿐이지요. 조금씩만 노력하면 지구 스스로가 제 모습을 찾아가지 않을까요.

임계옥

엄계옥 동화

#  인공도시 아이

깨어보니 세살 아기가 되어 있었다.

나는 두개의 다른 시간 문을 넘기 전인 오늘 아침까지만 해도 가족과 함께 그곳에 있었다. 이탈리아 외곽에 있는 그 도시는 극소수의 부유층들만 사는 곳이었다. 지하 천 미터 깊이에 숨겨진 인공도시는 바깥의 기온과 오염으로부터 완벽하게 차단된 최첨단 도시였다. 인공도시 사람들은 모두 버섯 모양을 한 조그만 집에서 살았다. 버섯 모양은 외부 압력으로부터 최적화된 구조였다. 인공도시 사람들은 그곳을 루멘시티라고 불렀다.

루멘시티 도시민들이 지상으로 나갈 때는 일 년에 한 번 바깥에서 손님이 올 때나 인공도시민들이 지정한 세계 7대 불가사의 지역으로 여행할 때뿐이었다.

학생들은 오전 공부만 했다. 수업을 마치고 학교에서 돌아온 나는 우리 집 K-QR62 코드가 찍혀 있는 통로를 나와 지상으로 가는 초고속 엘리베이터를 탔다. 평소라면 친구들과 해양생물관에 가서 수족관 물고기들과 수영을 하고 놀았겠지만 오늘은 일년에 한 번 지하로 오시는 할머니 할아버지를 마중하기 위해 지상에 있는 비행기정거장으로 향했다. 할머니 할아버지는 생활 도우미 로봇과 함께 오시겠지만 나는 한시라도 빨리 보고 싶은 마음에 서둘러 집을 나섰다.

거리는 완벽하게 정돈되어 깨끗했다. 버스정류장처럼 생긴 K비행기정거장 앞에서 내린 나는 한껏 부푼 마음에 콧노래를 흥얼거렸다. 왼발 오른발을 번갈아 앞으로 내밀며 리듬을 탔다. 머리 위로는 승용차들이 지그재그로 날고 그 위를 소형 비행기들이 개미떼처럼 편대를 이루었다. 하늘 맨 꼭대기 층엔 우주여행선이 UFO 모양으로 점점이 떠 있고 드론도 부지런히 제 역할을 했다.

하늘이 지상보다 더 분주했지만 소음이 없어 고요했

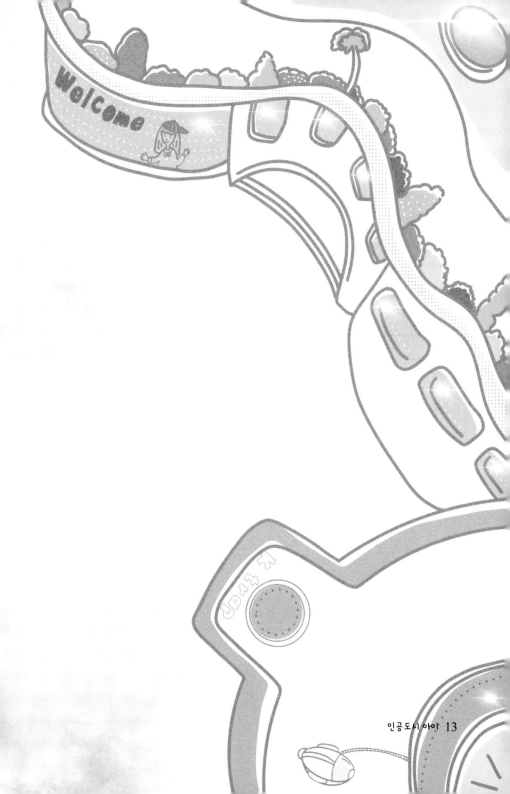

다. 이따금 비행기들이 정류장에 착륙할 때 내는 약간의 소음 외에는 적막할 정도였다. 그 적막이 때론 나를 알 수 없는 두려움으로 몰아갈 때도 있었지만 오늘처럼 바깥에서 할머니 할아버지나 손님이 오시는 날이면 두려움 같은 건 흔적 없이 사라졌다. 나는 곧 만나게 될 할아버지 생각에 혼자 쿡쿡 웃었다. 할아버지는 만날 때마다 옛날 불편했던 교통 이야기를 하셨다.

"니나야, 네가 태어나던 해 우리가 너를 보러 이탈리아로 왔잖니. 비행기를 열네 시간을 타고, 입국장에 도착을 하니 어떤 목적으로 왔느냐는 질문에 대답을 못해 입국심사장에 한참을 붙잡혀 있었단다. 어찌나 불안하던지 일부러 벙어리처럼 행동을 했지."

그 이야기를 들을 때면 웃음이 나왔지만 신기했다. 요즘은 입국장에 여러 나라 판독기가 있어 판독기 앞에 두 팔을 벌리고 서면 그 사람의 머릿속 생각을 판독기가 읽어 통역이 필요 없었다. 아무리 십오 년 전 일이라지만 원시시대 얘기 같았다. 제 자리에 잠시도 가만히 계시지 못하는 할아버지가 뜨악한 표정으로 벙어리 흉내를 내는 모습을 상상하니 절로 웃음이 나왔다.

한국에서 오는 비행기는 정확한 시간에 K비행기정거장 앞에 도착을 했다. 할머니 할아버지는 생활 도우미 로봇의 도움을 받아 트랩을 내려왔다. 나는 할머니에게 달려가 안겼다. 자그마한 할머니가 내 품에 쏙 들어왔다. 할머니는 백발이셨다. 옅게 화장을 한 모습이 연보라색 머플러와 잘 어울렸다. 할아버지는 청바지에 빨간색 베레모와 빨간색 운동화까지 신었다.

나는 할아버지를 좋아해서 할아버지가 좋아하는 빨간색 모자를 썼다. 할아버지는 내가 할머니와 포옹하는 사이를 못 참아 친근감을 뿔로 들이받는 어린 염소들처럼 모자끼리 부딪는 것으로 반가움을 표시했다. 우리가 인사를 나누는 사이 할머니 할아버지의 생활 도우미 로봇이 드론 차를 호출했다. 얼마 지나지 않아 보라색 드

론차가 지면 위로 사뿐히 내려앉았다. 드론 운전자 로봇이 나

를 향해 손 인사를 했다.

16

"하이."

나도 로봇한테 미소 지으며 명령했다.

"하이, K-QR62 지하 통로로 가 줘."

할머니 할아버지는 바깥에서 지하에 있는 인공도시로 올 때면 바이러스 검진실로 가서 검사를 받아야 했다. 루멘시티 도시민들이 인공도시에 바이러스가 들어오는 걸 차단하기 위해 만든 조치였다. 나는 두 분의 검사가 끝나길 기다렸다. 집으로 모시고 왔을 때 재택근무 중이던 엄마 아빠가 양팔을 벌리며 두 분을 껴안았다. 아빠는 볼 인사까지 나누었다. 할아버지는 만나자마자 옛 시절 용기와 무용담부터 꺼냈다.

"예전 같았으면 새벽 네 시에 집을 나섰어도 아직 인천 공항에 있을 시간이야. 이십 킬로그램이 넘는 여행 가방을 끌고 국제미아가 될까 전전긍긍하며 오던 때가 엊그제 같은데 인조인간 로봇의 에스코트까지 받으며 유럽에 다섯 시간 만에 올 수 있다니 천지가 개벽한 게야."

할아버지는 두어 시간 비행에도 지친 기색이 없었

다. 목소리에 활력이 넘쳤다. 붉은색이 할아버지를 활기차게 만드는 것 같았다. 매번 똑같은 이야기였지만 나는 싫증이 나지 않았다.

우리 집 로봇 요리사가 부엌에서 음식을 준비할 동안 가족들은 일 년 동안 나누지 못했던 이야기를 했다. 나는 지금 이 순간 가장 행복한 사람은 오랜 시간 한국과 유럽이라는 땅의 경계를 넘어 바깥인 지상과 땅속 지하로 나뉘어 살게 된 엄마와 할머니라고 생각을 했다.

"니나를 임신했을 때에 전 세계가 코로나로 난리였잖니. 아마도 한국이었다면 플라스틱 통 가득 담긴 배달 음식으로 외식을 대신했을 거야."

코로나 때 국가 간 봉쇄로 엄마가 한국으로 갈 수 없었던 처지를 푸념처럼 늘어놓으면, 기다렸다는 듯이 할머니가 응답했다.

"니나가 세 살이 될 때까지 사람들이 마스크를 쓴 모습만 보고 자랐잖니? 거리에서 마스크를 쓰지 않은 사람을 만나면 제 손으로 입을 가리며 상대도 마스크를 쓰라는 시늉을 곧잘 했지."

어른들은 걸핏하면 나를 데리고 과거로 돌아가길 즐겼다. 온 가족이 열다섯 살이 된 나를 마치 세 살 어린 아이 취급을 했다. 배가 적당히 고파오던 때 부엌에서 고소한 음식 냄새가 풍겼다.

로봇이 영양식을 준비해 놓고 낭랑한 음성으로 식구들을 불렀다.

"맛있는 음식이 준비되었습니다."

식탁에는 한식과 이탈리아 식단이 맛깔스럽게 차려져 있었다. 우리는 접시에 음식을 조금씩 덜어 먹으며 할머니 할아버지로부터 지상의 소식을 들었다. 주로 기후변화로 인한 지구 재난 이야기였다. 중국은 물난리로 수천만 이재민이 발생을 했고 일본은 해수면 상승과 지진이 덮쳐 아수라장이고 미국은 햇볕이 내리쬐어 불구덩이가 되었다는 소식이었다.

"지상은 난린데 지하는 괜찮니?"

할머니가 물으실 때 엄마가 대답했다.

"인공도시는 내진 설계가 완벽하게 되어 있어서 괜찮아요. 아무 걱정 마세요."


우리 가족이 이탈리아에 있는 극소수의 부유층 거주지인 루멘시티에 살게 된 것은 코로나 여파였다. 그 무렵 지구는 극심한 기후 변화에 직면해 있었다. 세계 십위 안에 드는 잘 사는 나라들일수록 열섬현상이 심해 사람이 살 수 없는 불모지가 되어갔다. 쓰레기는 산과 들을 뒤덮었고. 국가 간 분쟁은 곡물값 상승으로 이어졌다. 빙하가 녹으면서 땅의 경계선이 모호해지자 사람들은 영역 문제로 동물의 본성을 드러냈다.

세상은 혼란에 빠졌다. 그 틈을 타 세계 극소수의 부유층 사람들은 이탈리아에 지하 천 미터 깊이의 거대한 인공도시를 만들어 생활하기에 이르렀다. 이탈리아 태

생인 아빠와 한국에서 유학을 온 엄마가 건축과 AI 분야에서 명성이 높았다. 이 전문성으로 인해 우리 가족은 간신히 극소수의 부유층들만 사는 루멘시티에 편승할 수 있었다.

우리가 사는 루멘시티는 할머니 할아버지가 마음대로 드나들 수 있는 곳이 아니었다. 루멘시티 도시민들 또한 바깥으로 나가지 않았다. 만약 나가게 되면 다시는 완벽한 인공도시인 루멘시티로 돌아올 수 없었다. 그것은 루멘시티 도시민 스스로가 만든 규칙이었다. 인공도시가 수용할 수 있는 인구 제한 문제 때문이었다. 대신 루멘시티 도시민들은 일년에 한번 상봉날을 정해놓고 지상에 있는 친지나 가족들을 만났다. 그런 까닭에 우리 가족은 은퇴 후 지상에서 농사를 지으며 사시는 할머니 할아버지와 견우와 직녀의 만남처럼 한 해에 한 번 정해진 날에만 볼 수가 있었다.

나는 할머니 할아버지가 사시는 지상이 궁금했지만

마음뿐이었다. 학교에서 지구의 역사를 배울 때면 지상으로 가보고 싶은 마음이 간절했다. 바깥에 나가보고 싶은 꿈을 버리지 않아서였는지 밤이면 지상의 푸른 하늘과 넓은 바다를 보는 꿈을 꾸곤했다.

루멘시티는 땅속이라는 걸 느끼지 못할 만큼 환경이 좋았다. 환경센터에서는 인공 태양으로 빛을 마음대로 조절했다. 아침이면 인공 태양을 띄우고 밤이면 별을 띄워 세상에서 가장 안락한 기후와 공기를 제공했다. 그 때문에 나는 매일 아침이면 인공 태양 아래서 눈을 떴고 저녁이면 주먹만 한 별을 보며 잠들었다. 자동 비구름 센스기로 강우량을 조절하여 가뭄에 시달리지도 않았고 홍수 피해를 당하는 일도 없었다. 봄이면 온갖 꽃과 새들이 시스템에 따라 등장을 하고, 여름이면 숲이 무성했다. 가을이면 일곱 빛깔의 낙엽들이 융단을 깔았고 겨울이면 눈이 내렸다.

집 내부는 비좁았지만 편리했다. 스위트홈 시스템이

라서 가족의 생활 방식과 취향을 학습한 인공지능이 집의 온도, 조명을 자동으로 조절했다. 거실은 나노 패널로 되어 있어 LED 디스플레이가 벽면을 자연 풍경으로 만들었다. 이 디스플레이는 창문처럼 바깥을 보여주기도 하고 예술 작품이나 영화를 감상하는 스크린으로 활용되기도 했다. 집의 모든 벽은 소리를 흡수하는 기능이 있어 최적의 음향을 제공했다.

가구 또한 스마트 가구라서 용도에 따라 모양을 변형할 수 있었다. 음식은 로봇 요리사가 재료의 신선도를 조사하여 영양식으로 만들었다. 주방 벽은 디지털로 되어 있어 조리법을 실시간으로 보여주었다.

침실은 한평 남짓한 혼자만의 공간이었다. 자동 센스기가 체온과 몸의 상태를 감지해 수면 환경을 최적으로 만들었고 머리맡의 디지털은 부드러운 음악으로 잠을 깨우고 기분 좋게 잠들게 했다. 욕실은 자동 청소 기능이어서 언제나 깨끗하고 향기로웠다. 샤워기는 물과 온

도를 조절하여 물 사용량을 최소화했다.

　이처럼 완벽한 인공도시에 할머니 할아버지만 계시면 바랄게 없었지만 인구 제한 때문에 우리는 루멘시티 도시민들이 정해놓은 일 년에 한 번 있는 상봉 날만을 손꼽아 기다려야 했다. 할머니 할아버지의 이번 인공도시 방문도 그 때문이었다. 마침 이번 상봉 날이 할머니 할아버지 백 살 생신이어서 우리는 루멘시티민들의 자랑거리인 동.식물 정글 사파리 투어를 하기로 했다. 동·식물원 사파리는 루멘시티의 창시자들이 2030년 대재난 후 지하인공도시를 건설하면서 만든 곳이었다. 파푸아뉴기니 페루 터키 같은 곳에 자연 복원 프로젝트의 하나로 초기 지구의 생태계를 본뜬 인공 동·식물원이었다.

　제1 관광지인 페루나 제2 관광지인 터키에 비해 제3 관광지인 파푸아뉴기니가 가장 자연스럽게 만들어졌다는 이유로 우리 가족은 자연 천국인 파푸아뉴기니를 구경하기로 했다. 로봇이 만든 점심을 먹은 우리 가족은 하늘을 나는 초음속 승용차를 호출했다. 아빠가 로봇에게 명령했다.

"우리를 제3 관광지인 파푸아뉴기니로 데려다줘."

엄마 아빠조차 가보지 못했다는 인공 정글 사파리 투어라는 말에 나는 신이 나서 손나팔을 불었다. 유튜브 장면이 바뀌는 것처럼 초음속 승용차는 순식간에 우리를 파푸아뉴기니 인공 정글에 데려다 놓았다. 숙소는 정글 심장부에 있었다. 고대 차차포야인의 요새를 본떠 만든 곳이라고 했다.

숙소 주변은 잘 정돈되어 있었다. 인공 숲과 호수를 배경으로 식물 산책로가 끝도 없이 펼쳐져 있었다. 산책로 주변은 마치 노을 꽃물이 든 것처럼 신성한 기운이 감돌았다. 인공 정글에는 과학 기술로 복원한 고대

식물과 곤충들이 즐비했다. 첫날은 산책로를 따라 식물투어를 하고 둘째 날은 동물 사파리 투어를 승용차를 타고 하늘을 날면서 구경하기로 했다.

식물 투어는 1코스, 2코스, 3코스로 구간별로 나뉘어 있었다. 숙소를 중심으로 원시림 맨 안쪽을 도는 것이 1코스이고, 그 바깥쪽이 2코스, 더 바깥이 3코스였다. 할머니 할아버지는 적절한 운동과 식단 덕에 건강에는 문제가 없었지만, 우리는 두 분 나이를 고려해 한 시간 남짓 거리인 1코스를 선택했다.

식물원 입구에는 커다란 바오바브나무와 칼라미테스 나무가 줄지어 늘어서 있었다. 산들바람이 어린 나뭇잎을 들추었다. 수풀 주위를 장수풍뎅이 고추잠자리가 한가롭게 날아다녔다. 산책로 옆으로는 토토르와 파피루스 야생풀들이 우거졌다. 정글 아래로는 십 미터가 넘는 계곡이었고 산은 하늘과 맞닿아 푸르렀다. 평화가 눈에 보이는 것이라면 이런 모습일 거라고 상상하니 탄

성이 절로 나왔다.

"아! 마치 해와 달의 시간이던 원시시대에 들어온 것 같아요!"

반걸음 뒤에서 할아버지 흉내를 내느라 팔을 휘저으며 걷던 아빠가 나를 돌아보며 씽긋 웃었다. 아빠는 내 기분을 엄마보다 더 섬세하게 읽는 기술이 있었다.

"니나야 자연 속으로 들어오니 그렇게 좋니 응? 음, 근데 말이야, 저기 저 물고기 이름이 뭐였더라?"

아빠가 식물원 팻말에 그려진 물고기를 가리켰다. 나는 학교에서 로봇한테 배운 대로 대답했다.

"인간의 손목과 목에 흔적이 남아 있는 틱타알릭이라는 원시 물고기예요."

반달곰처럼 생긴 아빠가 너털웃음을 지으며 나를 향해 엄지척을 해 보였다. 나는 아빠의 칭찬에 으쓱해져서 할머니 할아버지를 보며 말했다.

"할머니 할아버지. 저기 봐요! 은행나무예요. 학교에

서 역사 나무라고 배웠어요, 공룡들이 살던 때부터

살았던 나무라 나이가 2억 7천 살 정도라네요.

엄청나죠?”

어느새 엄마가 다가와 있었다.

"은행나무는 엄마가 어렸을 적에 가로수 나무였는 걸. 가을에 노란 은행나무 길을 걸으면 기분이 참 좋았어."

내가 다시 아는 체를 했다.

"은행나무는 환경 적응이 뛰어나서 기후 변화에도 끄떡없이 살아남았나봐요."

그때 우리집 로봇이 불쑥 끼어들며 옆에 있는 꽃식물을 가리켰다. 로봇은 내 지적 호기심을 자극하는 걸 취미로 하는 휴머노이드였다.

"나는 지금 지구상에서 가장 오래된 꽃식물인 몬트세키아비달리를 보고 있습니다. 속씨 식물이라 진화사에서 매우 중요하다고 볼 수 있지요."

나는 궁금증을 못 이겨 로봇한테 묻지 않을 수가 없었다.

"공룡들도 이 꽃식물을 봤을까? 먹었을까?"

로봇이 고개를 갸우뚱했다.

"식물들이 어떻게 1억 년을 살아남았는지. 고대 식물들과 지구의 역사를 배우는 건 재밌는 일입니다. 집으로 돌아가면 같이 공부하도록 하겠습니다."

이때 엄마가 나섰다.

"우리가 누리는 안락함도 다양한 식물들이 있었기 때문에 가능한 거니까 자연 현상을 열심히 배워야지."

어느새 출렁다리가 가까워지고 있었다. 출렁다리를 건너면 초승달 모양으로 휘어진 모퉁이었다. 모퉁이를 돌아 낮은 언덕을 넘으면 숙소로 돌아가는 길이었다. 그렇게 되면 오늘 식물 투어는 끝나는 거였다. 오징어 게임도 하고 아카시 나뭇잎을 따서 가위바위보 게임도 하며 걸었다. 아빠는 오징어 게임이 서툴러 가족들을 자주 웃겼다. 숲은 가족들의 웃음소리로 가득 찼다. 이쪽과 저쪽 시간의 경계선 같은 출렁다리 앞에서 나는

인공도시 아이 37

예쁘고 조그만 꽃을 발견했다. 빛깔이 아주 고왔다. 할머니께 여쭤보았다.

"할머니, 지상에 이런 꽃이 있나요? 정말 예쁘네요! 어디에서 본 것 같기도 하고…?"

"암 있고, 말고. 네가 세 살 때 엄마 아빠와 함께 할머니 할아버지집으로 왔을 때 뜰에 가득 피어 있었단다."

"네? 그럼 이 꽃 이름이 뭐예요?"

"패랭이꽃, 패랭이 모자를 닮아서 지은 이름이지."

"패랭이…?"

"옛날 사람들이 쓰던 모자인데 꽃 모양이 그 모자와 닮아서 이름 붙인 거란다."

"이름만 들어도 왠지 마음이 편안해지는 느낌이네요, 할머니."

할머니가 내 머리를 쓰다듬었다. 이처럼 즐거운 우리 가족의 평화를 깬 건 느닷없이 크게 울부짖은 땅이었다. 천둥 번개 소리처럼 여기저기서 으르렁 쿵쿵하는 소리가 났다. 나는 사방을 두리번거렸다.

"무슨 소리지?"

근심 어린 목소리로 아빠가 대답했다.

"글쎄 무슨 일일까?"

뒤이어 땅이 흔들거리며 우르릉 쾅쾅하는 소리가 더 크게 났다. 가족들 모두 놀라 눈을 동그랗게 떴다. 나는 앞뒤 좌우를 살폈다. 숲에 가려 아무것도 보이지 않았다.

할머니 할아버지는 우리를 안심시키려 들었다.

"괜찮아, 곧 멈출 거야. 아무 일도 아닐 거야."

그러나 아무일도 아닌 것이 아니었다. 금세 땅이 심하게 흔들렸다. 뒤틀리고 부풀었다. 그와 동시에 바로 앞에 있던 출렁다리가 쿵 하고 낭떠러지로 흘러내렸다. 숲이 큰소리로 신음하며 울었다. 키 큰 나무들이 쉴 새 없이 몸을 흔들었다. 바오바브나무들이 무서운 소리를 내며 무더기로 골짝을 향해 쓰러졌다. 귀가 먹먹했다.

땅이 크게 움직이는가 싶더니 먼지가 소용돌이쳤다.

나는 중심을 잡을 새도 없이 절벽 아래로 굴렀다. 다

행히 바오바브나무 등치들이 겹겹이 쌓인 곳이었다. 흙

이 머리 위로 폭포처럼 쏟아졌다. 흙을 잔뜩 뒤집어쓰

고 간신히 일어나보니 저만치 까마득한 꼭대기에 뼈대

만 남은 숙소가 보였다. 그것은 마치 천 년 전에 허물어진 유적 같았다. 분명 여행 짐을 풀고 식물 투어를 나설 때만 해도 금빛이 찬란하던 웅장한 건물이었는데 그 사이 흉물로 변해 있었다. 그 무너진 숙소 축대 위에 버려진 인형처럼 할머니 할아버지만 덩그러니 서 계셨다.

"아니 이럴 수가…!? 아빠! 엄마 어디계세요!"

나는 울먹이는 음성으로 엄마 아빠를 목청껏 불렀다. 겁을 잔뜩 먹어선지 목소리가 나오지 않았다. 목이 마른 물고기처럼 입만 뻥긋했다. 그때 내 목소리를 들었는지 흙더미에서 엄마 아빠가 거의 동시에 고개를 내밀었다. 서로 손을 맞잡고 팔다리를 허우적이며 흙더미를 헤집고 있었다. 먼지를 뽀얗게 뒤집어쓴 엄마 아빠가 동시에 소리쳤다.

"니나야! 니나야! 괜찮니?"

나는 입술을 크게 일그러뜨리며 고개를 끄덕였다. 엄마 아빠가 흙더미를 두 팔로 휘저으며 나에게 다가오며

다급하게 외쳤다.

"어서 절벽을 기어 올라가야해. 할머니 할아버지가
계신 곳으로 서둘러 가자!"

나는 엄마 아빠를 따라 헤엄치듯 땅벽을 기었다. 군
데군데에 튀어나온 돌덩이와 거대한 나무뿌리를 잡고
올랐다. 한 발을 옮기면 두 걸음이 미끄러져도 포기할
수 없었다. 천신만고 끝에 숙소를 싸고도는 축대 위에
다다랐다.

"저기가 길인가 봐요! 우리도 어서 저쪽으로 가야 해
요."

절벽에서 갈팡질팡하던 투숙객들이 우리처럼 땅벽을
기어오르려고 했다. 하지만 그들은 시시포스처럼 땅벽
을 기어올랐는가 하면 미끄러지기 일쑤였다.

축대는 반달모양으로 된 건물 외벽이었다. 그곳에 올
라 할머니 할아버지 안전부터 살폈다. 신기하게도 다친
데가 한군데도 없었다.

인공도시 아이 45

"너희들이 저 아래 절벽으로 굴러떨어질 때 땅이 크게 움직여 우리를 이곳으로 데려다 놓았어."

두 분이 동시에 중얼거리셨다.

축대 앞쪽은 한 발짝만 내디디면 낭떠러지였고 뒤쪽은 절벽이어서 옴짝달싹할 수 없는 고립이었다. 모두들 심각한 표정으로 있을 때 아빠가 나섰다.

"가만히 있는 것보다 축대를 따라 출구가 있나 찾아보자!"

나는 아빠 말에 의기소침하게 한발을 내디뎠다. 서너 발자국을 떼었을 때 무너진 담벼락 사이에 무언가가 있었다. 자세히 보지 않으면 보호색처럼 눈에 뜨이지 않을 아치형처럼 생긴 문이었다.

흙먼지를 털어내니 청동 손잡이가 달려 있었다. 나는 흥분해서 가족들을 향해 소리쳤다.

"여기 문이 있어요!"

바스러질 것 같은 손잡이는 진귀한 보물처럼 반짝였

다. 그곳에 상형문자가 새겨져 있었다.


## 정령들의 문


나는 절박한 심정에 손잡이를 잡고 비틀려 했다. 엄마가 황급히 내 손을 잡았다. 문 안에 위험이 도사리고 있을지도 모르니 조심하라고 했다. 나는 엄마를 안심시키며 손잡이를 살짝 비틀었다. 문이 찌잉 울리며 열렸다. 캡슐 모양처럼 생긴 동굴이었다. 땅에서 약 오 센티 정도 떠 있었다. 문을 열자 맑은 공기가 쑥 빨아들일 것처럼 우리를 끌어당겼다. 문 높이는 일곱 살 아이가 겨우 들어갈까 말까한 높이였다. 동굴 안은 한 사람씩 지나갈 수 있을 정도였다. 터널 끝에는 두 개의 문이 마치 우리를 부르는 것처럼 빛나고 있었다. 나는 들뜬 기분에 터널 끝을 가리키며 다시 말했다.

"저기 동굴 끝에 두 개의 빛나는 문이 있어요!"

빛에 이끌리듯 우리는 한 사람씩 몸을 작게 말아 동굴 안으로 들어갔다. 안은 깜깜했다. 밖에서 보는 것보다 넓었다. 공기는 깨끗했지만 고산지대처럼 숨이 가빴다.

눈이 차츰 어둠에 적응을 하자 입구에서부터 천장 벽바닥까지 이상한 그림과 무늬들로 가득 차 있었다. 그림과 무늬에서 광채가 났다. 나는 알 수 없는 그림에 압도되어 아빠에게 속삭였다.

"아빠, 마치 이상한 나라에 들어온 것 같아요!"

엄마는 놀란 입을 다물지 못했고, 아빠는 두 팔을 들며 으깨를 으쓱하며 말했다.

"바깥보다 상황이 나아 보이니까 서둘지 말고 조심해서 천천히 가보자."

말을 마친 아빠가 앞장을 섰다. 우리가 기하학적 무늬가 가장 많이 중간 지점에 다다랐을 때 천장에서 조그마한 물체들이 빠르게 지나다녔다. 동굴벽을 자세히 살피니 흐릿한 형상들이 빼곡히 붙어 있었다.

"어머나, 저게 뭐야?!"

나는 공포에 사로잡혀 아빠의 허리를 더욱 세게 붙잡았다.

"괜찮아, 우리가 침착하게 행동하면 저들도 우리가 해칠 의도가 없음을 알고 여기를 지나가게 해줄거야."

나는 아빠의 허리를 잡고 할아버지 할머니 어머니가 차례로 서로의 허리를 잡고 한발자국씩 떼며 앞으로 나아갔다. 터널 반대편에 있는 두 개의 문이 가까워질수록 문에서 나오는 빛으로 인해 터널 안이 밝아졌다. 그와 동시에 순식간에 나타났다 사라지던 환상같은 형체들이 모습을 드러냈다. 귀는 뾰족하고 눈은 나선형처럼 생긴 것들이었다. 몸집은 작았지만 나스카 평원에 그려진 여러 동식물 문양과 닮은 생김새였다. 우리는 생명체들에게 적대 감정이 없음을 알리려고 부단히 애쓰며 걸었다.

그때였다. 그들은 아치형 벽라인을 타고 빠른 속도로 내려와 우리 앞을 가로 막았다. 모두 내 무릎 높이만 한 키였다. 아빠가 황급히 양손으로 나를 등 뒤로 숨겼다.

나는 할아버지를 할아버지는 할머니를 할머니는 엄마를 동시에 등 뒤로 숨겼다. 아빠가 그들을 정면으로 응시하며 낮고 또박또박한 음성으로 천천히 말했다.

"우리는 당신들을 해치지 않아요!"

"······?"

그들은 대답 대신 동원심같은 눈동자를 빙글빙글 굴리기만 했다. 나는 그들의 작은 키에 조금 안심이 되었지만, 위험한 동물인지 아닌지 판단할 수가 없어 두려웠다. 지금까지 학교에서 배운 수많은 동·식물들이 빠르게 머릿속을 지나갔다. 저들처럼 생긴 것을 본 것 같기도 하고 아닌 것 같기도 했다. 나는 용기를 내어 모깃소리 만하게 말했다.

"길을 비켜주세요."

내 말을 기다렸다는 듯 무리의 맨 앞줄 중앙에 선 형체가 소리쳤다.

"지구 파괴범들은 물러가라!"

원시인의 말투였다. 그 목소리는 복화술처럼 여러 목
소리가 합쳐져서 가깝게 들렸다가 멀리서 들리는 듯했
다. 가족들은 그 자리에 얼어붙었다. 기묘한 생김새와
이상한 목소리에 넋이 나가 있었다. 나는 그들 말이 들
렸다. 알아들을 수가 있었다. 가족들은 전혀 알아듣지
못하는 눈치였다. 나는 아빠 등 뒤에 숨은 채로 얼굴 반
쪽만 내밀고 덜덜 떨리는 음성으로 물었다.

"당신들은 누구세요?"

"우리는 불 흙 물 바람의 정령들이다. 저 뒤에 있는
수많은 정령은 멸종된 생명들의 정령들이지."

네 개의 음성이 한목소리로 말했다.

'내가 정령들의 말을 알아듣고, 정령들이 내 말을 알
아듣다니!'

나는 경이롭고 신비하면서도 한편으론 두려웠다.

"나는 백 년을 살았지만 저들처럼 생긴 건 처음 봐.
동물이 우짖는 소리 같기도 하고 새가 지저귀는 것

같기도 해. 그런데 저들은 무엇이고 뭐라고 하니?"

내가 정령들의 말을 알아듣는 것처럼 행동을 하자 조금 안심이 된 할아버지가 궁금해서 못 견디겠는 듯이 물었다.

"불 흙 물 바람의 정령들과 멸종된 생명들이라네요."

내 말에 할아버지는 물고기처럼 눈을 껌벅였다.

"하지만 우리를 환영하는 것 같지는 않네요. 할아버지."

내가 그들의 말을 알아듣는 것에 안도했다가 환영받지 못한다고 하자 실망하는 빛이 역력했다. 그때 불의 정령이라는 형체가 탄식처럼 내뱉었다.

"여긴 지구 마지노선이다!"

나는 잠깐 아빠 등에서 목을 빼고 검지손가락으로 그들 등 뒤 두 개의 문을 가리키며 애원하듯 말했다.

"마지노선? 우리는 길을 잃었어요, 사파리 투어 중에 땅이 무너져서 피할 곳을 찾다가 여기로 들어오게 되

있어요. 정령들에게 해를 끼치지 않을 거예요. 저기
저 빛이 있는 문으로 나가게 해 주세요.”

내 말에 여러 음성이 갈라졌다 합쳐졌다 하는 소리로
동굴벽을 울렸다.

“여긴 생명의 오랜 비밀이 숨겨져 있는 곳이야. 대륙
이동과 대멸종, 지구의 자정 작용이 이곳에서 이루어
진다는 뜻이지. 인간만이 주인인 지구는 아름답지 않
아. 그래서 여기서 너희들을 기다리고 있었지. 우리
는 대륙이동과 여섯 번째 대멸종을 시작하려던 참이
었거든!”

흙의 정령이었다. 나는 등골이 오싹했다. 목소리가
심하게 떨려 나왔다.

“땅이 솟구치고 건물이 무너진 게 그 때문이었어요?
그럼 우리는 이곳을 벗어날 수 없는 거예요?”

바람의 정령이 타이르듯이 말했다.

“여기를 안전하게 벗어나는 건 너희의 선택에 달렸

지. 동굴에 들어온 이상 동굴의 법칙을 따라야 한다. 두 개의 문 중 올바른 선택을 하면 우리도 너희를 도울 준비가 되어 있어."

나는 동굴의 법칙이 무엇인지 궁금했다.

"이곳을 안전하게 나갈 수 있는 방법이라면 알려주세요!"

정령들은 한결같이 한목소리로 말을 했다.

"인간은 십오 년 전에 이미 지구 위험 한계선을 벗어났지. 너희들은 영구동토층까지 깨어나게 했어. 우리는 역병 홍수 가뭄을 통해 인간의 힘을 완화하려고 안간힘을 썼지. 그때마다 너희는 축적된 과학 기술을 총동원해 그것을 미리 읽고 지구 괴롭히기를 멈추지 않았어. 인간이 지구한테 저지른 만행을 하나하나 되돌려 놓는 게 이 동굴의 법칙이야."

나는 다시 묻지 않을 수가 없었다.

"어떻게 하면 되는 거예요?"

다시 한목소리가 된 정령들이 답했다.

"그건 너희의 선택에 달렸지."

나는 가족에게 지금까지 일어났던 일과 정령들의 말을 하나도 빠트리지 않고 전했다. 인간 개개인이 지구 온난화와 환경오염에 적극적으로 가담해 지구가 자정 작용을 하지 않을 수 없는 지경에 이르렀다는 요지의 말이었다. 가족들은 사태의 심각성을 깨닫고 고개를 푹 떨구었다. 우리가 반성하는 모습을 보이자 그제야 정령들의 태도가 조금은 누그러진 듯했다. 우리가 참회하고 있을 때 정령들은 돌아서서 의논을 했다. 큰소리가 간간이 들렸다.

"안 돼! 인간은 믿을 수가 없어. 지느러미가 손으로 진화하자마자 파괴자로 돌변했지."

"마지막으로 한 번만 더 기회를 주자!"

양쪽 의견이 팽팽한 듯했다. 얼마 후 물의 정령이 우리를 향해 돌아섰다. 정령의 등 뒤 두 개의 문에 상형문

자가 적혀 있었다.

## 시간의 문

물의 정령은 등 뒤 두 개의 나란한 문을 가리키며 말했다.

"두 개의 문 중 왼쪽은 과거로 가는 문이고, 오른쪽은 미래로 가는 문이지. 미래의 문으로 가게 되면 이미 자정 작용이 끝난 상태라 아무 것도 남아 있지 않아. 그 문을 선택하게 되면 맹수와 추위 굶주림에 떨며 원시인처럼 살아야 해! 반대로 과거로 난 문을 선택하게 되면 산과 들을 뒤덮은 쓰레기를 치우는 일부터 시작해야 해. 엄청난 생활 불편을 감수해야 하지."

물의 정령은 미래로 난 창을 통해 십오 년 후의 세상을 먼저 보여주었다. 그곳엔 인공 정글은 간데 없고 원시 정글이 끝간데없이 펼쳐져 있었다. 대지는 회백색이

었다. 살아 움직이는 것이라곤 아무것도 없었다. 거무튀튀한 빛깔의 산만한 바위와 잎이 길쭉하고 날카롭게 생긴 풀과 엄청난 추위뿐이었다.

이번엔 과거로 난 창문을 통해 십오 년 전 내가 태어나던 해의 세상을 보여주었다. 수많은 비행체들이 하늘을 날기 전 모습이었다. 내가 과거로 난 창을 통해 처음으로 본 것은 푸른 하늘과 하늘 높이 떠 있는 태양이었다. 그 세상은 오랫동안 우리를 기다리고 있은 듯했다.

"인공으로 무엇을 해도 자연의 빛깔을 따를 수가 없지. 저기 저 산이며 돌멩이 색깔 좀 봐! 자연은 저런 빛깔이었지. 벌써 다 잊어 버렸나 봐!"

산과 들은 쓰레기와 플라스틱으로 뒤덮여 있었지만 하늘은 분주하지 않았고 비행체 대신 파란 하늘에 뭉게구름이 떠 있었다. 부자와 가난뱅이 온갖 사람들이 어울려 살고 있었다. 엄마 아빠는 추억 사진을 꺼내 보듯 과거를 감회와 연민이 교차하는 모습으로 바라보고 있었다. 엄마 아빠의 얼굴에 복잡한 감정이 스며들었다.

"다양한 사람들과 다양한 모양의 집들, 옛날이 그리워요. 나는 과거로 돌아가서 동·식물의 처지를 생각하며 살겠어요. 편리에 길들어 불편을 감수할 수 있을지가 걱정이지만요."

엄마의 목소리는 어느새 정령들의 목소리를 닮아가고 있었다. 아빠는 미래의 문을 바라보며 동조를 구하듯이 말했다.

"나는 미래의 문을 선택하는 게 나을 것 같아요. 우리에겐 인공도시를 건설할 수 있는 과학기술이 있잖아요. 루멘시티 같은 도시를 지상에 건설하면 추위 맹수 가뭄 홍수 같은 건 문제 없을 거예요."

엄마가 고개를 크게 가로저으며 말렸다.

나는 엄마 아빠의 엇갈린 의견이 혼란스러웠다. 서로의 의견을 존중하며 신중한 선택을 위해 대화를 이어가길 바랐다. 아빠가 결심한 듯이 말했다.

"시간은 다시 돌아오지 않아요. 쓰레기 천국인 과거

로 가서 엄청난 불편을 감수하며 사는 것 보다 아무

것도 남아 있지 않은 미래로 가서 지금보다 더 완벽

한 인공도시를 건설해서 사는 게 낫지 않겠어요?"

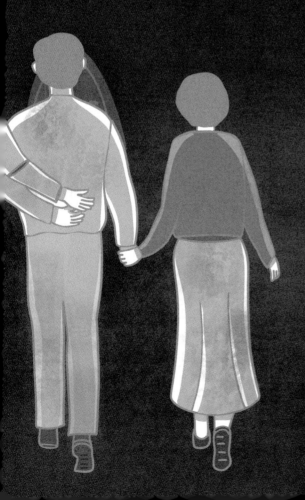

엄마가 낙심하며 다시 아빠를 말렸다.

"나는 니나를 위해 과거로 돌아가서 지구한테 저지른 나의 잘못을 하나하나 바로잡으며 살고 싶어요."

아빠가 한참을 고민하더니 고개를 크게 끄덕이셨다.

"그래요. 그럽시다. 가족은 같이 있어야 하니까."

할머니 할아버지가 거들었다.

"잘 생각했다. 정령들이 우리에게 준 단 한 번뿐인 기회라고 했잖니."

할머니 할아버지는 우리의 눈을 깊이 들여다보며 등을 토닥였다.

"이제부터라도 지구를 위해 할 수 있는 일부터 실천해야겠어요."

내 말에 엄마 아빠가 동조를 했다.

"일회용을 쓰지 않겠어요"

"자가용 대신 대중교통과 튼튼한 두 다리를 사용해야겠어요."

할머니 할아버지가 환하게 웃으며 우리의 등을 감쌌다.

"다 같이 조금씩만 노력하자."

나는 가족의 선택을 정령들에게 전했다. 정령들은 우리의 결정을 반겼다. 길을 비켜주며 소곤댔다.

"이번 선택은 너희 가족만의 문제가 아니야, 전 인류의 생존에 관한 문제지. 과거로 가게 되면 엄청난 불편을 감수해야 한다는 각오는 되어 있겠지!"

정령들의 말소리가 환청처럼 들렸다가 사라짐과 동시에 그들이 모습을 감추었다.

우리 가족은 긴장과 두려움 속에서 서로를 의지하며 두 개의 문을 향해 나아갔다. 발걸음 한 걸음 한 걸음이 시간의 발자국 같았다. 이윽고 서로 다른 두 개의 시간 문 앞에 다다랐다. 미래로 가는 문은 금빛이었고 과거로 가는 문은 청동 손잡이에 잔뜩 녹이 슬어있었다. 그 문 앞에서 우리는 지구를 괴롭히며 산 시간을 반성했다. 우

리는 문앞에서 성령늘저럼 한복소리도 중널거렸니,

"우리는 지금 이 문을 넘는 순간부터 불편을 감수하

겠습니다."

나는 청동문 손잡이를 살짝 비틀었다. 시간의 경계를 넘는 순간 짙은 어둠이 몰려왔다.

"엄마, 나 유럽에 살 때 코로나가 극성을 부려 한국에 계신 엄마 아빠가 세상에서 사라지면 어쩌나 하는 걱정을 많이 했어요."

저 멀리 따뜻한 빛 너머에서 다정한 목소리가 들렸다. 마치 바람의 신이 하프를 켜는 듯한 소리였다. 나는 방향을 알 수 없는 길을 따라가며 목소리의 주인을 찾아 두리번거렸다. 이어서 또 다른 친근한 음성이 귀를 간지럽혔다.

"모든 생명한테는 시간의 문이라는 게 있잖니. 내가 이 세상에서 사라지면 또 다른 세상에서 다른 모습으로 살고 있을지도 모르잖니."

나는 꿈꾸듯이 중얼거리는 소리의 주인을 찾아 사방을 둘러보았다. 목소리가 이끄는 대로 따라 나오다 보니 두 눈 가득 빛이 쏟아져 들어왔다. 눈이 부셔 뜰 수가 없었다. 눈을 감았다가 다시 떴다.

　엄마와 아빠, 할머니 할아버지가 눈주름 가득 미소를 머금고 세 살로 돌아간 나를 내려다보고 계셨다. 미래에서 과거로 돌아오느라 하룻밤 사이에 원숭이처럼 팔이 길어진 가족들이 방금 잠에서 깬 나를 품에 안고 내 머리와 얼굴을 쓰다듬고 계셨다. 나는 안도의 한숨을 내쉬었다.

　"휴~"

　"조그만 녀석이 한숨을 다 쉬고. 하하하."

　가족들의 환영에 나는 무지개만한 기지개를 켜며 루멘시티를 빠져나왔다. 격하게 반응하느라 팔다리를 힘차게 흔들면서였다. 그 후에 내가 가장 먼저 한 일은 방 안 가득 흩어져 있는 플라스틱으로 된 내 장난감들을 한군데로 모으는 일이었다.

## 인공도시 아이

**초판 1쇄 발행 · 2024년 11월 11일**

지은이 · 엄계옥

그린이 · 한혜연

펴낸이 · 박옥주

펴낸곳 · 아동문예

등록일 · 1987년 12월 26일

주　소 · (우)01446 서울특별시 도봉구 도봉로 109길 78

전　화 · 02-995-0071~3, 02-995-1177

팩　스 · 02-904-0071

이메일 · adongmun@naver.com/ joo415@hanmail.net

홈페이지 · www.adongmun.co.kr

편집디자인 · 아동문예

ISBN 979-11-5913-446-3　73810

가격 13,000원

＊이 책은 한국예술인복지재단 창작준비지원사업의 일부 지원을 받아 발간되었습니다.